Pour mon excellent ami, Chris K.
R.S.

Un merci tout spécial à Maria.

Titre original : Secret Agent Splat
Copyright © 2012 by Rob Scotton
Publié par arrangement avec HarperCollins Children's Books,
une division de HarperCollins Publishers Inc.

Traduction de Rose-Marie Vassallo

Édition française © Éditions Nathan (Paris, France), 2012
Loi n° 49-956 du 16 juillet 1949
sur les publications destinées à la jeunesse
ISBN : 978-2-09-253912-5
N° éditeur : 10182204 - Dépôt légal : mai 2012
Imprimé en France par Pollina - L60240

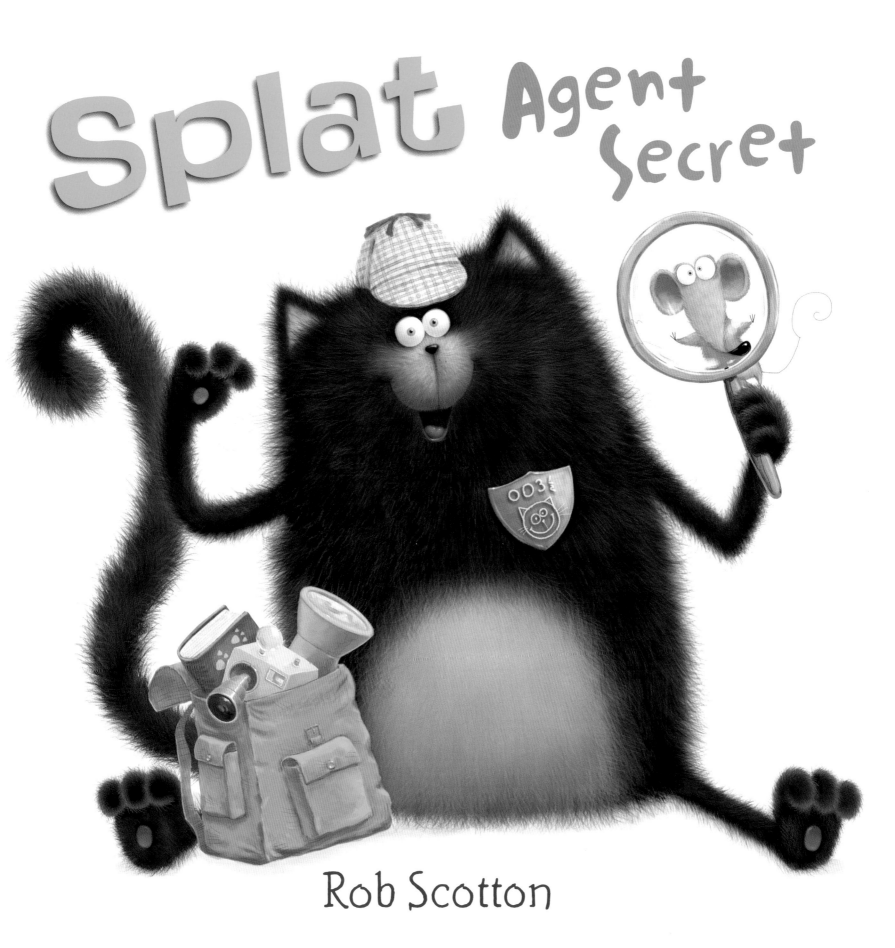

Splat Agent Secret

Rob Scotton

Le papa de Splat fabrique des canards en bois,
de toutes les couleurs, de toutes les tailles.
Il en fabrique des tas et des tas... rien que pour Splat.

Splat range ses canards dans la cabane du jardin,
et chacun de ces canards a un nom.

Athos   Porthos   Aramis   d'Artagnan

Un jour, horreur !
Le canard rouge a disparu !

« Qui a touché à mes canards ? » demande Splat.
Harry Souris ne sait pas.

Le lendemain, c'est le canard bleu qui a disparu.
Le canard rouge est de retour... mais sans son bec !

« Qui a touché à mes canards ? » demande Splat.
Harry Souris ne sait toujours pas.

Le surlendemain, c'est le canard vert qui a disparu.
Le canard bleu est de retour... mais lui aussi a perdu son bec !

Il faut mener l'enquête !

« Qui a touché à mes canards ? » demande Splat.

« Pas moi », dit sa maman.

« Ni moi », dit sa petite sœur.

« Ni moi »,
dit son grand frère.

« Je vois, dit Splat. Comme toujours, c'est personne.
Mais je retrouverai le criminel ! En attendant,
nous l'appellerons... Monsieur X ! »

Splat regarde son émission préférée à la télé.

Il a déjà un plan...

Pour cette enquête, se dit Splat,
il faut que je sois malin,
brillant et vif.

Je démasquerai ce Monsieur X
et je percerai le mystère des canards disparus !

C'est une mission parfaite pour...

Splat, Agent Secret !

« Waouh ! On dirait un vrai ! »

Harry Souris (nom de code : HS) apporte à Splat
sa panoplie d'espion : appareil photo, loupe, torche électrique,
un peu de farine et... un gadget top-secret !

L'agent Splat met son plan en action.

Il installe ses pièges et attend...

Tout est calme... beaucoup trop calme !

Mais tout à coup... un éclair déchire la nuit.

L'agent Splat se précipite.

Le piège a fonctionné ! L'appareil a pris une photo.

« Aha ! dit Splat, des oreilles qui me rappellent quelqu'un. »

Splat inspecte la farine au sol. « Aha ! dit-il, des empreintes de pattes. Des empreintes qui me rappellent quelqu'un. »

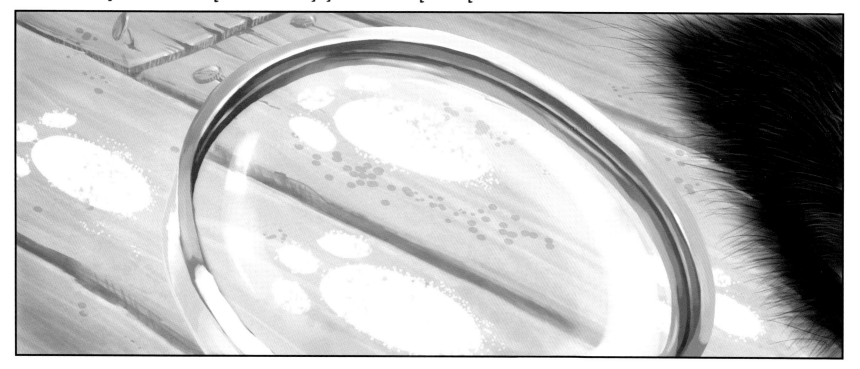

Splat suit la piste des empreintes
depuis la cabane de son jardin...

... jusqu'à une autre cabane.

« Nous y voilà, chuchote Splat.
La cachette de Monsieur X. »

À pas de velours,
Splat se rapproche de la porte.

Il tire de son sac
son gadget top-secret.
Il appuie sur la poignée,
il ouvre tout grand...

Deux yeux jaunes brillent dans la pénombre.

« Ainsi donc, Agent Splat, murmure une voix mystérieuse,
tu m'as trouvé ! »

Aha ! se dit Splat. Cette voix mystérieuse... Elle me rappelle quelqu'un.

Splat braque sa torche électrique. Quel choc ! C'est Grouff !
« C'est donc toi, Monsieur X ?! »

Grouff tente de s'enfuir.
Splat presse sur un bouton
et son gadget top-secret se déclenche.

BOÏNG !

Grouff se retrouve à plat ventre !

Splat s'assoit sur lui.

« Mais pourquoi, Grouff ? Pourquoi ?
Qu'est-ce qu'ils t'ont fait, mes canards ? »

À cet instant, un souriceau passe... serrant sur son cœur un canard !

« Ça alors ! » bredouille Splat.

« Ooh, non ! proteste Grouff. Encore !? »

« Ooh, non ! Encore !? »

Le souriceau se faufile dans un trou.

Et BONG ! en se cognant contre le mur,

le bec du canard se déboîte !

Splat regarde par le trou. À l'intérieur, le souriceau prend le thé avec le canard sans bec.

« Ce Jo Souriceau ! grogne Grouff. Je lui ai dit d'arrêter de prendre tes canards, pourtant ! Mais il ne m'écoute pas. Alors, pour qu'il n'ait pas d'ennuis, je rapporte les canards. »

« Je vois, dit Splat. Mais pourquoi voler mes canards ? »

Hmm. Et si ce n'étaient pas vraiment des canards qu'il voulait ?
réfléchit Splat. Et il chuchote à l'oreille de Harry Souris.
Harry Souris fait oui en silence.

Bravo, Agent Splat.
Affaire classée.

Le code des canards